田附昭二
歌集

細き罅

青磁社

＊目次

田附昭二歌集

細き罅

赤い風船

思ひ出で歩みとまりぬこの窪にありし日妻の躓きしこと

ステッキは長き手にしてあら草を打ち払ひゆく朝の畦みち

をさな児の風船あかく冬ざれの野みちにありて光あたらし

畑中の蕾ふくらむ梅林に西日たゆたひあかくけぶらふ

花野

息あさく眠れる兄はほほ笑みて花野に母と語りいますか

呼び掛くる声に花野ゆ還りたりわが名のかたちに唇うごく兄

摘み入るる菊の花首つめたくてみ柩はいよよ冷えまさるらむ

にび色の空を映せる冬川に紅つばき一輪うかべてやりぬ

鴉の太郎次郎

窓に来る鴉に太郎次郎など名付けて寒の日暮るる迅し

雪見酒ひとり酌みゐる誕生日鴉の太郎次郎けふ来ず

雪明りに書よむわれは降る雪に背より浄まりゆくと思へり

香焚きて在りし日のごともの言へど返る声なし妻の骨壺

『そうか、もう君はいないのか』を読みさして青空の邃き底を見つむる

去年今年ひとりづつ死者われに殖え日すがらを降るきさらぎの雪

マフラー

とほき日にひとの編みくれしマフラーが亡き妻の箪笥の底より出でぬ

納骨は明日なれば今宵は抱きやる汝が骨壺を現し身として

見下ろしの市街に白く日が照りてそこがあの世といふ程遠い

軒深き旧街道の屋根に降り昔のやうな雪積りゆく

妻の亡き日数すごして老身の錨失くししごとく漂ふ

紅梅

妻亡くて過ぎゆく時間山すその家にいつしか灯が点りゐる

池めぐり歩みを戻す下り坂往きに見ざりし紅梅に遭ふ

咲きさかる紅梅の梢見上げゆき昼月にあふ淡き半輪

赤山《せきざん》へ辿る道辺の濃すみれをあはれと見しが夜思ひ出す

古き友の衰へし声受話器より集りを告げ逝きし名も告ぐ

わが杖の音のみひびく帰りみち夜に入りて暗き街灯を過ぐ

旅

日だまりに小雀ひとつ遊びゐて葉洩れ日に翳る茂吉の墓処

翁草はやもほほけて昼深し聴禽書屋のガラス戸閉ぢて

茂吉先生「眠りもよほす」と詠まれたる向川寺無住に荒れて風おと

合羽着て濃森に樵る人は見ゆ雨しづかなるみちのくの旅

夕焼けの窓にぶだうの酒を酌むあかく染まれる遺影の妻と

錆浮く水

踏みてゆく梅の青実のかすかなる香りもさびし夏さりにけり

開け放す草庵に吹くさつき風つばめを蝶を吹き入れて過ぐ

ひと訪はぬ山寺の池に赤き鯉おどろきやすく濁りに隠る

白雨に山がたちまち濡れてゆく犀の背中の濡れゆくやうに

会釈して互みの老いを量り合ふ鷺の森社の長き坂道

錆浮ける欄干に川を見下ろせば妻ありし日と水は変らず

朝かげ

朝日かげ未だ届かぬ早苗田におたまじゃくしは泥に眠れり

葦むらに朝日さし入り牛蛙いのち濃き声に鳴きはじめたり

花咲きてそれと気づきぬ藪かげに木槿は朝の露に湿りて

ひまはりは塀より高く空を占め小暗き路地に光をそそぐ

ボルサリーノパナマの帽子汗滲みていつの日われの形見とならむ

フィレンツェ

イタリアへ往かむと娘に誘はれぬ　あの大空を越えてゆくのか

ゆたかなる濁りに街を分かちゆくアルノ河岸に咲く花を見ず

磨り減りて油のごとく輝る舗石ポンテ・ヴェッキオを望む河岸に

道の辺に秣を拾ふ馬車うまの暫し安らぎ首垂れてをり

ダビデ像白きにはしる細き罅をしばらく仰ぎ歩みを返す

ミケランジェロ作れるピエタと聞き囲む群のひとりと吾もなりをり

ひざまづき主の祈りする女あり濃き体臭を立ち昇らせて

登りきてわが立つ塔の胸壁にほしいままなる風吹きとほる

夏逝く（Ⅰ）

ふり仰ぐ大くすのきは夏雲の峯をしのぎてただしづまれり

大茅の輪くぐれば夏の草の香をまとひて進む拝殿の階

遠く来て不在の友の庭に聞くつくつく法師の澄みたる声を

どの家も小流れに向く社家町を落蟬いくつ数へつつ過ぐ

展墓終へしわれにまつはり離《か》れゆかぬアキアカネあり妻かと思ふ

夏逝く（Ⅱ）

種採ると枯ひまはりは刈られたり八月尽の雲低く垂る

落ちてゐる蟬のむくろはみな白く腹を曝せり風あるみちに

茨垣のとげ強き家を洩れ出でて水しむごときこほろぎの声

濁流になぎ倒されし葦むらの起き直る上に秋の陽わたる

曼珠沙華吹き消すやうに過ぎし野は鵙の鋭声もなくて静まる

秋霖の降りしづむ街に人寄らぬ籤売場ありて佇むひとり

夕日の窓と名付けしは妻逝きてより夕べゆふべに倚りてわが立つ

古書店

秋風に吹き入れられし古書店に書架めぐるわれの靴音ひびく

照りそめてさにつらふ紅葉の下かげに逢ひし昔のみちを辿りぬ

上弦の月落ちさうに低く見ゆ五階の窓の真中あたり

とまりゐる赤とんぼを逐ひて浄めゆく妻眠る墓の石冷めたきを

水音

妻とゐるまどろみゆ覚めひとりなり致し方なくひとり寝にゆく

洗ひ置きしを娘がそつと洗ひをり水音だけがひそかに続き

寒の水満たせるグラスが忘られて夜更けの卓にしづまりをれり

対岸に山茶花の紅をちらつかせ川を覆ひて吹雪がしまく

両岸に鷺と川鵜が対ひ佇ち冬の流れは光を運ぶ

北側に斑雪の残る畝黒く青首大根にさす朝日かげ

この世から切り離されし一画に雪積もりをり墓地の明るし

栞紐

栞紐黒きを挟みて歌集閉づ原爆の死者を詠みたるところ

百年に一度の不況と騒ぎ言ふ百年と言へば敗戦もあるを

ソマリア派遣

帽振りて岸壁を艦が離りゆくいつかも見たる光景のまま

立方体

朱の褪せし弁天堂そばに日を浴びて馬酔木は花の房垂りにけり

濁りゆく春の流れに透きて見え淡紅色やさし鴨の水掻き

氷屋の濡れたる土間に春陽さし立方体に光遊べり

春の雨降り止みしひまに路地を抜けトマトを三つ買ひて戻りぬ

亡き妻とゆきし径なり娘と歩む桜の下の湿れる小みち

うぐひすの囀り交す山蔭に葱洗ふ人の水音涼し

世話をする娘とされてゐるわれと時に翳れる日も交へつつ

時間

冷えびえと時計を手首に巻きつけて今日の時間に繫がれてゆく

静かなるひとりの暮しにも積もるかすかな塵を掃除機に吸ふ

晩　夏

白き陶にゆまり垂れつつ聴雨軒とふ中国の辞を思ひ出でたり

三回忌間近くなりてわが用ふ妻のタオルの薄くなりたり

はつかなる風にも揺れて百日紅花の重さの影を地に刷く

水涸れて荒き川床くろぐろと死にたる川に沿ひ歩みゆく

単線の駅舎に晩夏の光充ち倒れしもあり放置自転車

多忙の中届けくれたる娘の煮物かすかに焦げし香のまつはりて

目　高

稜線に光の生るるたまゆらを川明りして鷺白く輝る

道端の鉢に目高を飼ふ見れば日当る午後は水面に浮かぶ

のぞき込む影に目高は走るなり速き泳ぎはみな向き向きに

視界より夕日を奪ひ伸びてゆくビルの足場に人働けり

その昔の木の電柱は陽の匂ひ木の匂ひして立ちてゐたりき

噴水乾く

墓標のごと花の名誌せし白札が立ち並ぶ冬　植物園に

冬枝を断ち落されし薔薇苑に水とめられて噴水乾く

森なかに並み立ちてゐる木となりて流るる霧の音なきを聴く

裸木のけやきの梢にからまりて色鮮らしき爪が死にゐる

逆　鱗

山裾を曲ればタべの風ありて赤き手袋落ちてゐたりき

冬晴れの空は青すぎ広すぎてたましひ冷ゆる思ひに歩む

電線に遠くの山を眺めをり雪晴れの日の烏の太郎

逆鱗が思はぬところに生えをると娘の顔をつくづくと見る

見えすぎる矯正レンズに疲れをり見えないものもある方がいい

飲み余しし水飲み干して席を立つ不時着をしたサン・テグジュペリ

かいつぶり浮きくるまでを見つつゐてつひに寂しきこころと思ふ

白鳥の鳴くを真似たる幼児の声は水面をまろびてゆけり

塞の神

三つ咲き二つは落ちて花活けに椿の深き紅のしづもる

水仙の高さをとほる川風に裾吹かれつつ夕べを帰る

道の辺に小さくいます塞の神なづな供へてゆく子等がゐる

体調の悪きをかくす饒舌に娘を笑はせる別るるまでを

曳く杖の音やはらかき春の土ゆきやなぎ咲く角を曲がりぬ

下枝にとまりて間遠に啼きてゐし子鴉いづら日の春くに

老いの日々

枝先より老樹枯れゆくごとくにて指先に血のめぐらぬ日あり

女医若く眼底を覗く表情の真剣なれば稚さが見ゆ

逝きにしを残れる老い等活きいきと死因を言ひてあはれ華やぐ

同期の環解きたるのちはひとりづつ後姿さびしき老い人となる

銀の雀

ひつそりと梅の青実が落ちてゐて去年も通りしこの細き路地

タンポポを摘めば茎よりにじみ出で昔と同じ乳色の汁

残されしこの世の時間を踏みしめて青葉の坂の石段のぼる

高音が掠れてゆけり川風に老いたる人のトランペットは

公園の入り口を指し濡れてゐる矢印に銀の雀がひかる

夏帽子に軽く音する通り雨濡れてゆかうか草も濡れゐる

残り香

ホタルブクロの前に小さき下駄のあと昨夜に蛍を包みたりしか

亡き妻のウィンドブレーカーわれ痩せて淡き残り香まとひて歩む

青蔦の葉裏を白く返しゆく風ほど強しけふのかなしみ

ためらひしあひだに青葉の寺町に永井陽子が消えてしまへり

はつかなる勾配を足のよろこびて向へる先に川が光れり

かすかにも性欲うごくを寂しめり薔薇に明るく陽のさすあたり

昼餉には蕎麦など喰はむ青空に航跡雲の二筋白し

平衡を杖に頼りてゆらぎゆく二足歩行を忘れかけをり

コロンボが手を上げて去り電源を落せばひとりに取り残さるる

立秋

木の下に拾ひて赤き合歓のはな橋わたるとき流してやりぬ

谷川に汲みてゆきしか水の跡一筋つづき夏は深しも

西瓜喰ひて老いひとりなる昼下がり黒き種ふつふつ吐き出だしつつ

荻むらにかすかなる紅走らせて立秋近き風の過ぎたり

ジュサブローの人形の目がわれを見る人外の目がわれを突き刺す

子に背かれ窓に見てゐる遠花火消えた花火はもう上がらない

ヴェネツィア

危ふくもヴェネツィアは海に浮かぶ都市舟に眺むる陸地の低さ

海と陸一線上に連なれば聖堂は海に立つごとく見ゆ

青波に航く道を指し並み立てる杙あり白き鷗のとまる

水脈曳きて過ぎゆく船の名残り波大運河《グランドカナル》の岸にたゆたふ

浮桟橋の停留所ゆれ傾くを水上バスの接岸荒し

座席なき立乗りの渡船《わたし》揺れゆれて広き運河の両岸むすぶ

死者生者ところを分かち舟にゆくサン・ミケーレは墓のみの島

ミケーレに死者の門あり薔薇窓の鉄扉は柩の舟にし開く

死者の島糸杉の径暗くして歩み徐かに黙しゆくなり

両側に石棺平たく並ぶみち供ふる花に造花もありて

緒方洪庵の第十子惟直ヴェネツィアに客死せしより一世紀半

生者われ水上バスに島を去るアドリア海のきらめく波へ

ゴンドラは舳を並べ舫はれて海よりの波に触れ合ひて鳴る

石古りし建物の間に巾二間青くよどみて水路続けり

近々と水の匂ひに浸りゆく舷を打つ波音のなか

網の目の水路の橋はことごとく階段橋なり舟を行かしむ

種痘痕

夕茜かがよふ池を渡る蛇金色の水脈を細く曳きつつ

蠟石にゐがきし線路途切れをりおうちがだんだん遠くなりしか

百日紅の花のこぼるる掘割の石は古りたり水幅三尺

桧峠を越えくる風は秋のかぜ白川道へ吹きとほりゆく

昼月の白さに淡き種痘痕消えなむとして昭和も遠し

瓢簞

今朝も又道に芙蓉を見つつゆき明日咲く蕾の数もたしかむ

白猿がベッドのわれを窺ふと魘されて覚む月あかき夜半

砂利の上にかすかに残る踏み跡を人なつかしくゆく秋の道

昇りくるエレベーターのかすかなる風に足もと寒く吹かるる

ひる過ぎて雨降り出でつ天気予報当り過ぐるも味気なきなり

嚙みあてし蕎麦饅頭の胡麻の香の匂へば母を思ひ出でたり

棚下にあまた下がりて静かなる瓢簞の青触れて冷めたし

木橋

稲架組みて掛け並めし稲穂は日の匂ひ土の香りに満ちて乾けり

青空が雨あとの道に落ちてゐて幼が二人覗きてをりぬ

ひつぢ田に籾殻を焼くけむり立ち夕べは小さき火の色の見ゆ

秋風と共に渡りて帰りゆく少さき木橋に名前ありたり

祥月の墓にハワイの花手向く妻よあなたが好きだつた島

蹴鞠はじめ

シベリアの抑留死者の碑《いしぶみ》に日は傾きて供花の冷えたり

池の面を渡りきてきよき冬のかぜ石のベンチの白きにも吹く

うすら氷の底に沈みてほのかにもくれなゐそよぐ二つ緋目高

敷く砂の雪じめりして重き庭に蹴鞠はじめの音のくぐもる

昼ともす小窓もありて降る雪に細く続ける路地を抜けゆく

透明の屋根にしづかに雪降りて大温室に仙人掌ひらく

覗きいろの小皿

風さむき疎林に新芽喰む鹿の袋角やはく春陽に照れり

覗きいろの小皿を重ね洗ひゆく窓に明るく春の雪降る

北米の森の香りの松ふぐり青りんごほど大きを拾ふ

（植物園、テーダ松）

忘れゐし記憶のやうに春の月夜更に白く浮かびてゐたり

三月書房

早春の森にこだまを響かせて素戔嗚尊を拝む柏手を打つ

かいつぶり潜きしのちの水の跡ひかりの輪とし消えてゆきたり

春の日のくもりの波をひと筋のきらめく色にかはせみ過ぎつ

電柱の天辺の高さに住まひして小鳥のやうに街を見下ろす

埋み火の炭団のやうにかすかにもともりて我の色欲あはれ

焙じ茶の香りただよふ老舗まち寺町二条の三月書房

腕時計

合掌をほどく形に白木蓮は空に光のうつはとひらく

栃並木芽吹きの前に枝打たれ明るくなりぬ　寂しくなりぬ

比良八講托鉢の声は尾を曳きて「く」の字に曲がり路地を抜けゆく

なぞりみる条幅の勁き筆の跡　遺しし妻の逝きて三年か

湯上がりに子と気づきたる腿のしわ老いゆくことのかく容赦なし

瓦斯の火

老いたれば火を用ふこと止められて憧れて思ふ青き瓦斯の火

ベビーカーに乗せられてゆく柴犬が押す人を見て欠伸をしたり

小さなる祭のやうにキンポウゲ咲くところまで今日の五百歩

飲み余し置き捨てられしカップ酒夕日に透きて淡き影ひく

肉販ぐ店の前にて肉の香をすさまじきものと今日は思へり

秋の帽子

マスカットの薄皮を爪に剝きゆけばさみどりの夏が皿にころがる

ボルサリーノ秋の帽子に家を出づ帽子の為に威儀ととのへて

つくつくしのむくろは軽し天秤に乗せればかぜと釣り合ふほどに

溜息をつくやうに小さき窓が開く晩夏の街の夕まぐれどき

焼け焦げし火床に秋の陽はさして黒大文字しづかなりけり

沢　蟹

ひつそりと荻のこぼるる小流れに沿ひゆけば光る池に出でたり

一段づつ階登るがに老いゆくか昨夜より重しと膝が言ふなり

小さき沓履かされ曳かれてゆく犬の四つの赤が目に残るなり

堰開き生き返りたる街川の先づ流しゆく塵と芥と

通り雨すぎて軒より踏み出だす靴の先にて沢蟹はしる

秋の陽に布団を並べ干してあり今宵をぬくく子等の眠らむ

卒寿まで生きむと集ひ勢へども去年より酒量落ちたり誰も

日の丸

名を変へて細くなりゆく川に沿ひ歩みは秋の山へ入りゆく

対岸のかがよふ銀杏の下道を細きひかりの輻が過ぎてゆく

尽きざるは楽しきごとし大甕に引く比叡の水あふれ溢るる

花筒に色濃き菊を供へたり妻の祥月霜置く墓に

朝々に強張る老いし手の指を手袋に包み眠らむとする

願ひ一つ持てば攀ぢゆく石段の赤山禅院うらの細道

祝日の役場の門に垂れ下がる日の丸に昭和の陽が射してをり

夕映え

刈り取りし田に藁を焼く煙立ち火を守る人のたそがれてゆく

黄鶺鴒見つつ楽しも草枯れの岸を歩みて水にも映る

言ひ分の無くもなけれど娘から叱られてゐる夕映え長し

まつすぐに吹かれて歩む胸寒し青葱畑に折れしがなびく

赤い靴

しんしんと山の御寺に春冷えて祠堂の香炉灰のしづまる

早苗田にさざ波立つを掠めとぶ今年の燕の声ごゑすずし

春陽さす屋根の上には人出でて白き布団を干しはじめたり

注ぎ入る水音すずし鴨の鳴く入江に花の音無く散りて

幼児はいづへの岸に泣きをらむ小さな赤き靴流れゆく

余り苗

佇つ鷺の一羽の白と対き合ひて石のベンチに我の休らふ

幾年の夜の弧食を照らしつつ赤きワインに灯が揺れてゐる

夢に来し亡き妻の体温残る手に朝食のパンやさしく裂きぬ

水鳥を北へ帰らせしづもれる池は一朶の白雲を抱く

一隅にさす余り苗の濃きみどり早苗田に今さざなみ走る

こだま

育まるる泥に姿を映しつつ風にそよげる菖蒲むらさき

洗ひゐる墓は夏日に輝きて妻の好みしアザレアを挿す

取り出だし亡き妻の靴を磨きやるこの傷は彼の日躓きしあと

花過ぎし薔薇苑に風吹きとほりブロンズの像はだかに立てり

サハクルミの翼果の房は青く垂れ蝸牛あやふく縋りてゐたる

山中に人の働く音寂し間遠くひびく手斧のこだま

大根

雨に濡れ色づき深き枇杷の実の小さきが見ゆ旧道の角

オハグロがこんなところを漂へりビルの角にはポストが赤い

大根がごろりと道にころがりて落せし人をただ待ちてゐる

跳ねしもの一瞬にして消えしあと長くたゆたひ水面しづもる

恃むべき明日を信ずる顔輝りて鞄持つ人バス停に立つ

落　蟬

三十人足らずのデモの旗濡れて小さき辻を曲りてゆけり

亡き妻と何かが違ふやさしさに労られつつ子と街をゆく

沈みゐる鏡のやうに底光る寂しさありて妻の亡き日々

雨あとの砂洲平らかに落蟬のむくろを置きて湿りてゐたり

佇みし時間の量の白じろとバス停に吸殻散らばりてをり

うろこ雲

秋告ぐる竜胆の青を供へたり暑さのつづく彼岸の墓へ

実を抱くよろこびありて大楠の枝をひろぐる鯖雲の下

背筋立て歩みをれども自づから杖突く音の増えし寂しむ

行合ひの空になだるる鱗雲はらはらとゆく鳥影黒し

遮断機の色鮮かに塗られゐて幼稚園前の小さき踏切

立上り拭ふ眼鏡の視野に入り白彼岸花四、五本立てり

曼珠沙華

昼の湯の明るきに浸すうつそみの老いたれば脂の浮くこともなし

夕暮れの髭にざらつく力ありかすかなれども命の涸れず

飛び石の終る岸辺に曼珠沙華一むら赤くわれを誘ふ

さらさらと秋のひかりは羽滑り白鳥はただ水に浮きゐる

一脚の椅子にて足れる日常の窓になだるる鯖雲白し

橋

街川の暗渠流るる音ありて淋しき日には耳に届き来

ストローの最後の音を立てぬやうグラスに青き湖を残せり

勾配のゆるき細みち徒《かち》ゆくに尾花のひまに秋水光る

乾燥を終へし食器の仄かなる温みに妻の在りし日思ふ

上流に橋あるを橋に眺めゐる川面に白き霧流れ来る

渡り鴨通し鴨おのおの五六羽の交はらず浮きて池たそがるる

われ一人女人ひとりゐて静かなる禅寺の庭に滝細く落つ

獲　物

夢に来し亡き友二人傘さして門に居りしが消えてしまひぬ

しばらくを風のベンチに瞑りゐてみひらく膝に落葉来てゐつ

背の下を流るる道を感じつつ救急車の揺れに眼つむりをれり

京都タワー白くほつそり見えてゐて病室の窓いよよ寂しき

差し違へ差し違へして研修医わが血を獲物のごとく持ち去る

ばらの名のプリンスオブウェールズ馬来沖に撃沈したる艦の名なりき

冬青空

澄みとほる冬青空に貫入の罅を入れたり欅の細枝

近ぢかと来て鶺鴒が冬の水うかがふ尾羽の動き楽しも

枯山のなだりに午後の陽あたりて杣通ふ径か切れぎれに見ゆ

わが眼鏡光りてをらむ仰ぎみる冬空高くどこまでも澄む

舫はるるボートに溜る淦水の銹びたる面に白雲うつる

炭火

やうやくに冬至の日差し及びきて路地に雀の餌を拾ひそむ

マンホールの蓋光りゐる霜の朝思ひ一つを跨ぎ越しゆく

正月が近づけば今も思ひ出づ餅焼く火鉢の炭赤かりき

鳥の余しし南天の実は雪かむり乏しき赤を手水に映す

冬の茜に思ひ遙けしフィレンツェの夕景にありし花売車

翳りゆく視野悲しみて見る水に鴨の青首かがやきてをり

冬の蠅

鵜の鳥の長き潜きに佇みて枯葦のかぜに鳴る音を聞く

青ばらのカーテンに朝の日はさして水より出づるごとくに目覚む

喜びも愁も淡く日々通ふ径に幽けく冬すみれ咲く

餌尽きし後もめぐりを去らぬ鳩時おきていたく淋しく鳴けり

神の鳩と棲みつきしまま人に馴れ怠惰となりしものを憐れむ

腰下ろす石に斜めに陽あたりて冬の蠅ひとつ動かずにゐる

耀変

湯浴みさすごとくに妻の墓洗ふ春の彼岸の光の中に

疏水分線あさき流れに趾濡らし歩むコサギの踐青し

雛の夜をとほくとよもす風ありて芽立ち促す音と聞きをり

池の面を広く使ひて伸びやかに鴨の泳ぐを見つつ休らふ

低く来て鴨の下りたる池の面に水音立ちて春の日暮れぬ

耀変の天目に似て暗道に散り敷く花を踏み帰り来ぬ

一生かけ二人努めし貯へを妻の亡きあと虚しく使ふ

夕ひかり

宝ケ池公園の径を春の鹿尻毛の白く馳せ去りゆけり

夕ひかり射し入る部屋に長椅子の倚りし凹みの深くあらはる

蝶の道ありとし聞けりひとすぢに黒蝶たかく杉を越えゆく

数多なる尻に磨かれ四阿の木の長椅子の黒く艶めく

片足の靴脱ぎて石を除るしぐさ老いの哀れと見られてをらむ

嘴先の黄色ひかりて通し鴨小さく鳴けりひろびろと水

立ち上がり見むともなきに夕空の雀は白き糞たらしたり

赤蟻

毀たれし家の瓦礫を掬ひゐるショベルにあらき夏の日は照る

轢かれたる小さき蛇は口を開け縄切れのやうに乾びてをりぬ

あとさき無き赤蟻の流れを土に追ひ続く長さに怖くなりたり

靴紐の締り程よく目に迫る青葉の山の細径に入る

捕虫網かぜを孕みて自転車の少年林の道に消えゆく

目薬をさし忘れたる朝のこと一些事なれど午後にも思ふ

メロン

ひと筋の油のやうに道を切るかなへびくらし白き陽のもと

毀たれし家の跡地に野牡丹の一株のこる紫深し

探しゐし本を購めて帰る道ほのぼのと手に重みつたはる

やはらかに金網を巻くひるがほの白くそよげり雷遠くして

関はりたくなき人からの届け物メロンごろりと卓に転がる

本を読む人と歌書くわれとゐて木のベンチときにかすかに軋む

あとがき

前歌集『風の尾』に続く第二歌集となります。二〇〇九年四月から、二〇一五年十二月までの約六年間「塔」に発表した作品から取捨した三一五首を収めました。一部改作し、或いは並べ替へを行ってゐますが、ほゞ制作順となつてゐます。

この期間は、五十年間苦楽を共にした伴侶を失ひ、深い欠落感に苛まれた時期です。何とか心の平衡を保つことが出来たのは、常に寄り添ひ、優しく支へ続けてくれた娘の存在と、短歌があつたからです。

歌集名は、集中の一首から採りました。少しでも心を外に向けさせようと、娘夫婦が誘つてくれたフィレンツェへの旅で、市庁舎の前に立つダビデ像に出合つたとき、歳月に堪へて立つ大理石の白い肌に、幾筋も細い罅が走つてゐるのを見て胸にひびくものがありました。

心に罅が入つた私ですが命ある限り、前を向いて立ち続けなければと思つたのです。来年一月で私は八十八歳になります。米寿を一つの区切りとして、作品をまとめました。前歌集から何の進歩もない歌群ですが、お目を通して頂けたら、本当に嬉しく、有難いことです。

日頃暖かいご指導を賜つてをります永田和宏先生始め選者の諸先生方と、歌友の皆様に厚く御礼申上げます。とりわけ御多忙の中、選歌して頂きました吉川宏志先生には、お礼の言葉もありません。有難うございました。

編集から製本まで、青磁社の永田淳氏に一方ならぬお世話になりました。又、装釘して頂いた大西和重様ありがたうございました。

記してお礼を申上げげます。

平成二十六年十二月

田附昭二

塔21世紀叢書第262篇

歌集 細き罅

初版発行日 二〇一五年二月十二日
著　者 田附昭二
　　京都市左京区山端川原町一七―一―五〇一 （〒六〇六―八〇〇三）
定　価 二五〇〇円
発行者 永田 淳
発行所 青磁社
　　京都市北区上賀茂豊田町四〇―一 （〒六〇三―八〇四五）
　　電話 〇七五―七〇五―二八三八
　　振替 〇〇九四〇―二―一二四二二四
　　http://www3.osk.3web.ne.jp/~seijisya/
装　幀 大西和重
印　刷 創栄図書印刷
製　本 新生製本

ISBN978-4-86198-299-6 C0092 ¥2500E